याद है ना

ग़ज़ल संग्रह

इंद्रसिंह अरसेला

अंजुमन प्रकाशन

Title : Yaad Hai Na
Author : Indra singh Arsela

Published By-
Anjuman Prakashan
942, Mutthiganj, Prayagraj, 211003
www.anjumanpublication.com
anjumanprakashan@gmail.com

Printed and bound in India.
Hardcover, First published by Anjuman Prakashan in 2023
ISBN : 978-81-959388-7-2
Copyright © 2023 Indra singh Arsela
Printing rights reserved : Anjuman Prakashan 2023
Cover & Typeset by Anjuman Prakashan

Price in india: 225/-

समर्पण

बिट्टू-आदित्य राज आनन्द के लिए

जीवन के विभिन्न रंगों से सराबोर है
ग़ज़ल संग्रह – "याद है ना" – गोविंद अनुज

हिंदी ग़ज़ल आज जनमानस में इतनी घुलमिल गयी है कि उसे किसी परिचय या परिभाषा की ज़रूरत नहीं है। यह हिंदी साहित्य की एक बहुचर्चित लोकप्रिय विधा बन गयी है। हम सब जानते है कि ग़ज़ल ने उर्दू के माध्यम से हिंदी से दोस्ती की है और उर्दू में ग़ज़ल फ़ारसी के माध्यम से प्रविष्ट हुई है जबकि उसकी मूल जड़ अरबी है

अमीर खुसरो की उर्दू, फ़ारसी और ब्रज भाषा के सम्मिलन से ही हिन्दी ग़ज़ल का प्रादुर्भाव हुआ है। हिंदी में ग़ज़ल को स्थापित करने का श्रेय स्मृति शेष दुष्यन्त कुमार को जाता है जिन्होंने अपनी ग़ज़लों में समसामयिक परिस्थितियों, सामाजिक चेतना और आम आदमी की पीड़ा को रूपान्तरित किया उनसे प्रेरित होकर ग़ज़ल की जो यात्रा प्रारम्भ हुई वह अनवरत रूप से जारी है।

विद्वानों का मानना है कि ग़ज़ल पर पहला शोध डॉ. रोहिताश्व अष्टाना जी ने किया है उन्होंने यह बात मेरे ग़ज़ल संग्रह "उम्र के यूँ बिखर गये कतरे" की भूमिका में भी उल्लिखित की है। हमारे जीवाजी विश्व विद्यालय में ग़ज़ल पर पहली पी. एच. डॉ. श्रीमति प्रमिला श्रीवास्तव जी ने की है जो स्मृतिशेष महेश अनघ जी की पत्नी है।

हिंदी ग़ज़ल को जनमानस तक पहुँचाने में दुष्यन्त कुमार के अलावा शमशेर बहादुर सिंह, बलवीर सिंह रंग, निरंकार देव, रूद्र काशिकेय, नीरज, चन्द्रसेन विराट, कुँवर बेचैन, शेरजंग गर्ग, ज़हीर कुरेशी, हनुमंत नायडू, डॉ. उर्मिलेश, राजगोपाल सिंह, डॉ. शिवओम अंबर, महेन्द्र अग्रवाल, गोविंद अनुज, विजय किशोर मानव, सुरेश नीरव इत्यादि का योगदान सराहनीय है।

ग़ज़ल का मूल स्वर प्रेम है लेकिन आजकल की हिंदी ग़ज़लें शृंगार और प्रेम की संकुचित परिधि से निकलकर सामाजिक विसंगतियों, विद्रूपताओं, आम आदमी के दुख-दर्दों और राजनैतिक यथार्थ को उजागर करने से ही नहीं चूकती और यही कारण है कि ग़ज़ल आज जनजन में लोकप्रिय हो रही है।

ग़ज़ल का पहला शेर जिसकी दोनों पंक्तियों में रदीफ़ और क़ाफ़िये का मिलान होता है मतला कहलाता है और ग़ज़ल के अंतिम शेर को मक़्ता कहा जाता हे है जिसमें शायर प्राय अपने नाम या उपनाम या तख़ल्लुस का उपयोग करते है।

आजकल की हिंदी ग़ज़ल उर्दू, हिंदी, फ़ारसी, अंग्रेज़ी के मिक्चर की तरह है मतलब किसी भी भाषा से कोई परहेज़ नहीं है एक ग़ज़ल में हिंदी, उर्दू, फ़ारसी या अंग्रेज़ी चारों भाषाओं का उपयोग देखने को मिल सकता है।

मेरे सामने युवा ग़ज़ल कार रेडी हिम्मतपुर खनियाँधाना जिला शिवपुरी की ग़ज़लें हैं जिनमें प्रेम है तो वियोग है- दुख है तो ख़ुशी है- रंज है तो हर्ष है संगतियाँ हैं तो विसंगतियाँ भी हैं यानी कि जीवन के सब रंगों से सराबोर हैं ये ग़ज़लें।

भाई इन्द्रसिंह अरसेला का यह तीसरा ग़ज़ल संग्रह है, निश्चय ही इस ग़ज़ल संग्रह की ग़ज़लें पहले से और बेहतर हैं। भूख और ग़रीबी का रेखाचित्र खींचते हुए ग़ज़लकार कहता है कि

मिट्टी के इन घरों में ख़ुदा की क़सम
देख! मजबूरियाँ दिल धड़क जाएगा
बाँधकर पीठ पर पेट को आज तू
जा रहा है कहाँ जिस्म थक जाएगा

वातावरण में व्याप्त प्रदूषित हवा की बात करते हुए ग़ज़लकार कहता है-

परिंदे हैं बहुत गुमशुम उड़ें क्या
हवाओं में ज़हर फैला हुआ है
और
मौसम बदला बदला है
नज़रें अपनी तिरछी रख

आजकल आदमी का आदमी पर से विश्वास उठ गया है अविश्वास चारों ओर फैला हुआ है -

जिनको समझा था मसीहा वो मदारी निकला
आज बस दीवार पर नारे लुभाते उनके
और
वही ख़ंजर, वही मंज़र,
वही दहशत, वही आँसू

निकालो रास्ता कोई
मेरा जीवन सँवर जाए

आत्मविश्वास मनुष्य का गहना होता है जिस व्यक्ति में आत्मविश्वास होता है वह व्यक्ति बड़े से बड़ा काम सहज ही कर सकता है। यहाँ ग़ज़लकार अपने आत्मविश्वास का परिचय कुछ इस तरह दे रहा है कि-

ज़ख़्म पाकर यहाँ क्या ठहर जाऊँगा
दुश्मनों से कहो मैं निखर जाऊँगा
चोट खाता रहा सर झुकाया नहीं
और तू कह रहा उनसे डर जाऊँगा
और
यहाँ जब ज़िन्दगी से जंग लड़ता जा रहा हूँ मैं
रखेगा याद तो कोई कि मैं हारा नहीं अब तक

ग़ज़लकार ने अपनी ग़ज़लों में कहीं कहीं मुहब्बत की, रूप की, प्रेम की बातें भी बड़े सुंदर तरीक़े से व्यक्त की हैं, बानगी देखें-

अपनी मुझे महकती ज़ुल्फ़ों की छाँव दे दे
जब पास है न कोई फिर क्यों हुआ बहाना

तुम्हीं से ये रौनक़, तुम्हीं से जहाँ है
ख़ुशी भी तुम्हीं से मिली ज़िन्दगी में

कहाँ जा रहे हो चुराकर मेरा दिल
मुझे छोड़ अपना बनाकर मेरा दिल

मिरी ज़िन्दगी का सहारा तुम्हीं हो
ज़रा थाम बाँहों में आकर मेरा दिल

आजकल चाटूकारिता और चापलूसी अपनी चरम सीमा पर है। समाज के

हर क्षेत्र में चमचागिरी का बोलबाला है चमचागिरी से बड़े से बड़े काम सहज ही हो जाते हैं लेकिन हमारा कवि अपने स्वाभिमान पर अडिग है चांदी के चंद सिक्कों में बिकना नहीं चाहता-

देखें-

गीत दरवारी मुझे लिखना नहीं आया
चंद सिक्कों में कहीं बिकना नहीं आया

लोग कंधों पर लिए फिरते यहां जिनको
दोस्ती उनसे मुझे करना नहीं आया

कवि ने अपने देश प्रेम की मिसाल भी क्या खूब दी है। शेर देखे-

राह दुनिया को दिखाई सत्य की जिसने
सुन! उसी का मान हिन्दुस्तान में होगा

देख ले तू खोद कर हर कहीं मिट्टी
शांति का संदेश हर चट्टान में होगा

जीवन में कोई खुश नहीं है हर किसी को कोई न कोई रोग है, चिन्ता है, लाचारी है, परेशानी है तब गजलकार कहता है कि-

छूट जाएगा पसीना कैद खाने में
देख तू जाकर मिरे उस आशियाने में

होंठ सूखे पेट खाली ही रहा मेरा
जी रहा तब भी यहां कातिल जमाने में

कौन कहता मैं शराबी हो गया हूं अब
पी रहा हूं अश्क गम के इस ठिकाने में

खुशी जिंदगी से नदारद रही
न उसको कभी ये खबर जायेगी

अब यह कहा जा सकता है कि ग़ज़ल संग्रह "याद है ना" की ग़ज़लें जीवन के हर उतार-चढ़ाव को प्रदर्शित करने में सफल रही है भाई इन्द्रसिंह अरसेला जी की कलम का पैना पन साफ़ नज़र आ रहा है मैंने इनके पहले ग़ज़ल संग्रह "अंधा चिराग़" की भूमिका में लिखा था कि अभी इनको और परिपक्व होने की आवश्यकता है । ग़ज़ल संग्रह "याद है ना" में वह परिपक्वता साफ़ नज़र आ रही है। वह दिन भी दूर नहीं है जब इन्द्रसिंह अरसेला नाम भारत के प्रमुख ग़ज़लकारों की सूची में दर्ज होगा।

इस ग़ज़ल संग्रह "याद है ना" के प्रकाशन की बहुत बहुत बधाई एवं शुभकामनाएँ।

गोविन्द अनुज
'गीत गोविन्द' सिद्धेश्वर कॉलेनी
शिवपुरी म.प्र. 473551
मो. न. 9589784055, 9406977921

प्रकाशक की ओर से

श्री इंद्रसिंह अहिरवार जिनका साहित्यिक नाम इंद्रसिंह अरसेला है का यह इस प्रकाशन से तीसरा ग़ज़ल संग्रह सहर्ष प्रकाशित हो रहा है। श्री अरसेला ग़ज़ल के ढंग में अच्छी और मज़बूत पकड़ पाते जा रहे हैं। इस संग्रह की पहली ही ग़ज़ल समाज को आईना दिखाती है और साथ ही बताती है कि ज़िन्दगी आसान है मगर चुनौतियों भरी है-

इस तरह अश्क अपने बहा मत कहीं
मुल्क का हाल अब तू बता मत कहीं

तू न मायूस हो दिल को बहला ज़रा
भूख में जिस्म अपना चबा मत कहीं

कागज़ों की हुकूमत बिखर जायेगी
जो मिले ग़म तुझे वह सुना मत कहीं

रोज़ तू कितने हाथों बिका याद कर
ख़ुद को अख़बार-सा फेंकना मत कहीं

श्री अरसेला बहुत आम से मज़ामीन पर बहुत अच्छे शेर कहते हैं, यहाँ आम से मुराद ज़मीनी तौर से जुड़े मस'अलों से है। इस संग्रह के ये तीन शेर और देखिए-

जान बचे तो झूठ सुनाना पड़ता है
ख़ारों को भी यार बताना पड़ता है

सर्दी, गर्मी हर मौसम को आज यहाँ
ख़ुद अपने अनुकूल बनाना पड़ता है

देखूँ कैसे रोज़ उजड़ता मधुवन ये
ज़ंग लगा हथियार उठाना पड़ता है

ऐसे ही अनेक विषयों पर जीवन के दुःख-सुख और चेतना से परिपूर्ण अशआर आप इस ग़ज़ल संग्रह में पढ़ेंगे। श्री अरसेला के ग़ज़ल संग्रह- 'अंधा चिराग़', 'सच कहूँ क्या और' के बाद 'याद है ना' अब पाठकों के पुण्य हाथों में है। आशा है इंद्रसिंह अरसेला जी के इस संग्रह को भी पाठकगण की ओर से आभार व प्रेम प्राप्त होगा। प्रकाशक की ओर से श्री इंद्रसिंह अरसेला जी को इस ग़ज़ल संग्रह के लिए बहुत-बहुत शुभकामनाएँ।

वीनस केसरी
-कृते अंजुमन प्रकाशन,
प्रयागराज।

लेखकीय

मेरा द्वितीय ग़ज़ल संग्रह "सच कहूँ क्या और" दिसम्बर 2021 में प्रकाशित हुआ जिसको साहित्य प्रेमियों ने भरपूर सराहा और प्यार दिया मैं उनका तहे-दिल से आभार व्यक्त करता हूँ। आप सबके स्नेह ने ही मुझे अगला ग़ज़ल संग्रह लिखने के लिये विवश किया है "अंधा चिराग़" और "सच कहूँ क्या और" ग़ज़ल संग्रह के बाद मैं अपना तीसरा ग़ज़ल संग्रह "याद है ना" आपके हाथों में सौंपते हुए बहुत प्रशन्नता का अनुभव कर रहा हूँ।

मेरे ग़ज़ल संग्रह "याद है ना" मे मेरी कल्पना, मेरा अनुभव, मेरी भावना, मेरे विचार समाहित है जो मेरे दिल को हमेशा झकझोरते रहते हैं कि देश की लगभग 50 फीसदी आबादी आज़ादी के 75 वर्ष बाद भी ग़रीबी रेखा के नीचे जीवनयापन करने के लिए मजबूर है। फिर भी उन्हें समय-समय पर कपड़ों की तरह निचोड़ा जाता रहा है। जहाँ आज़ादी का जश्न मनाने वाले लोग आज़ाद होने का दम भर रहे हैं। वहाँ एक तरफ़ कुछ लोग ग़रीबी भुखमरी, छुआछूत, अत्याचार, बेरोज़गारी से दिन-प्रतिदिन दो-चार होते नज़र आते हैं।

ऐसा लगता है कि शासक वर्ग एवं पूँजीपति वर्ग ने एक राय होकर देश को अंदर ही अंदर खोखला करने का बीड़ा उठा रखा है इस मुहिम के तहत सरकारी संस्थाओं का निजीकरण सोची समझी साजिश प्रतीत होती है। किसी ने कल्पना तक नहीं की होगी कि एक बहुत बड़ी आबादी को हिंदू, मुस्लिम, मंदिर-मस्जिद, गाय-गोबर में उलझाकर उनके हक़-अधिकारों से वंचित कर दिया जायेगा।

तथाकथित लोग जो हिंदू राष्ट्र बनाने की कल्पना कर रहे हैं, वह कैसे भूल जाते हैं कि भारत देश एक पंथ/धर्म निरपेक्ष राष्ट्र है। गाँव से लेकर शहर व नगरों के रहवासियों के कारण ही आज देश मौजूद है। यहाँ की एकता, अखण्डता को खण्डित किया जाना संवैधानिक अपराध की श्रेणी में आता हैं। देश के भविष्य के लिए यह ख़तरा ही नहीं अपितु विध्वंशक है। मुझे लगता है कि अब तरक्क़ी और राष्ट्रीय एकता नंगी आँखों से दिखने वाली नहीं है।

आज़ादी के नायकों ने कभी सोचा न होगा कि देश में आये दिन होने वाली अमानवीय घटनाएँ किसी संगठन जाति सत्ता से जुड़ी हुई नज़र आयेंगी। छुआछूत, भेदभाव, जाति का मूल कारण है जो सदियों से विध्मान ही नहीं दिलो-दिमाग़ पर भी हावी है। समरसता की दुहाई देने वाले क्या वास्तव में समरसता स्थापित करना चाहते हैं यदि हाँ, तो भारतीय नागरिकों का सरनेम भारतीय होना गौरव की बात होगी।

"याद है ना" ग़ज़ल संग्रह आम आदमी की पीड़ा के साथ-साथ मेरे रिसते घावों का एहसास कराने वाला और संघर्ष करने के लिए प्रेरित करने वाला दस्तावेज है। जो आपको ग़ज़लों में दृष्टिगोचर होगा। मैं नही जानता कि ग़ज़ल का व्याकरण या कथ्य क्या है लेकिन जब मानव समाज में घटित अमानवीय घटना असहनीय हो जाती है तो ग़ज़ल अंकुरित हो उठती है। और इसी का परिणाम है ग़ज़ल संग्रह "याद है ना"

मेरे ग़ज़ल संग्रह की भूमिका लिखने के लिए ख्याति प्राप्त गीतकार, ग़ज़लकार गोविन्द अनुज शिवपुरी द्वारा बड़ी सहजता से मेरा निवेदन स्वीकार किया। इसके लिए मैं इनका तहे-दिल से शुक्रिया अदा करता हूँ साथ ही अंजुमन प्रकाशन इलाहाबाद उत्तरप्रदेश के प्रकाशक महोदय वीनस केसरी जी का आभार व्यक्त करता हूँ कि संग्रह के प्रकाशन में महत्वपूर्ण भूमिका अदा की। मुझे बहुत ख़ुशी हो रही है कि बहुत छोटी-सी क़लम के माध्यम से मैं अपना ग़ज़ल संग्रह "याद है ना" आपके हाथों में सौंप रहा हूँ जिसे आप सबकी दुआओं की दरकार है।

धन्यवाद
दिनांक- 10/01/2023

आपका

इंद्रसिंह अरसेला

ग्राम रेडी हिम्मतपुर तहसील खनियाँधाना

जिला शिवपुरी म. प्र.473990

मो. न.- 9926710545, 8103986860

ग़ज़ल क्रम

1

इस तरह अश्क अपने बहा मत कहीं
मुल्क का हाल अब तू बता मत कहीं

तू न मायूस हो दिल को बहला ज़रा
भूख में जिस्म अपना चबा मत कहीं

घोषणा हो चुकी मुफ़लिसों को यहाँ
मुफ़्त में मय मिलेगी बता मत कहीं

रोज़ तू कितने हाथों बिका याद कर
ख़ुद को अख़बार सा फेंकना मत कहीं

काग़ज़ों की हुकूमत बिखर जायेगी
जो मिले गम तुझे वह सुना मत कहीं

साँस जो चल रही क्या ये कम है तेरी
सब्र कर बे-वजह जाँ लुटा मत कहीं

2

साथ मेरे तो चल तू महक जायेगा
बह रहा जो पसीना चमक जायेगा

मिट्टी के इन घरों में, ख़ुदा की क़सम
देख! मजबूरियाँ, दिल धड़क जायेगा

इस शहर में भला चाहता कौन है
पूछ मत हाल मेरा बहक जायेगा

बात चाहत की जब सामने आयेगी
तब तिरी आँख से जल छलक जायेगा

बाँध के पीठ पर पेट को आज तू
जा रहा है कहाँ जिस्म थक जायेगा

सुन यहाँ पर कोई तेरे लायक़ नहीं
पर कहूँगा नहीं तू खनक जायेगा

याद है ना

3

मुझको जीने के लिए तुम भी, ठहर जाओगे
ये जलाकर बस्तियाँ क्या चाँद पर जाओगे

जिस धुएँ से मैं यहाँ घुटता रहा निशिदिन, तुम
उस धुएँ को झोपड़ी में, देख डर जाओगे

आजकल जब रौशनी भी तमगरों से छुपकर
जा रही है तो बताओ, तुम किधर जाओगे

मरहमों से दर्द दिल का कम न होगा मेरा
मज़हबों में बाँट करके जब मुकर जाओगे

लग रहा जब ये दुनिया मुझको तड़पायेगी
हाल अच्छे तुम बताकर क्या बिखर जाओगे

छाँव पर क़ब्ज़ा हुआ तो दरख़्तों में हलचल
साज़िशों की धूप से बचने किधर जाओगे

4

जो सन्नाटा इधर पसरा हुआ है
बता तो क्या कोई तन्हा हुआ है

परिन्दे है बहुत गुमसुम उड़ें क्या
हवाओं में ज़हर फैला हुआ है

कहूँ क्या रात मुँह खोले खड़ी जो
उसी का आज मुँह उतरा हुआ है

घरों से लोग निकले ही नहीं तो
बताओ किस तरह जलसा हुआ है

कहाँ ढूँढ़ें सुकूँ की ज़िन्दगी अब
यहाँ हर पाँव में छाला हुआ है

घुटन होने लगी अब उन घरों में
जहाँ इस पेट पर पहरा हुआ है

याद है ना

5

थक गया मैं राह के पत्थर उठाते उनके
पास होते तो पसीने छूट जाते उनके

ख़ुश हुआ था एक दिन जब वादों की बारिश हुई
कँप रहे अब पाँव मेरे गीत गाते उनके

जान देने की दुहाई झूठ दूँ मैं किसको
साँस होती क़र्ज़ पूरे ही चुकाते उनके

छीनते ना हक जताकर प्यास मेरी अपनी
ये गुलाबी होंठ बरना सूख जाते उनके

गुम सहारे ज़िन्दगी से हो गये हैं मेरे
देखता हूँ मुड़ के जब मैं घर सजाते उनके

जिनको समझा था मसीहा वो मदारी निकला
आज बस दीवार पे नारे लुभाते उनके

ज़रूरत है नहीं उसको मिरी हालत सुधर जाये
सुबह होते हवा जिसके इशारों पर ठहर जाये

कहानी क्या कहूँ अपनी, कहानी ज़िन्दगी हो जब
मेरी गर्दन, रखी उसकी न ये शमशीर डर जाये

हुई बरसात ये कैसी कि आँगन भी रहा सूखा
कोई ऐसा नहीं अब तार, दिल्ली तक ख़बर जाये

वही ख़ंजर, वही मंज़र, वही दहशत, वही आँसू
निकालो रास्ता कोई मेरा जीवन सँवर जाये

दबा हूँ क़र्ज़ मे कितना उसे मालूम है सब कुछ
मिले वादे मुझे फिर भी, उसी से वो मुकर जाये

पुराना घाव है दिल में, भुलाया भी नहीं जाता
ज़रा मरहम लगा देना, पहुँच जड़ तक असर जाये

याद है ना

तुम्हीं से मिले ज़ख़्म जो, गा रहा हूँ
तभी तो मैं ज़िन्दा नज़र आ रहा हूँ

न देते मुझे दर्द होता न एहसास
तिरी बेरुख़ी से खिला जा रहा हूँ

मिला कोई तुमसा न दिलदार मुझको
न ऐसे तुम्हारी क़सम खा रहा हूँ

बुरा मानता हूँ कहाँ मैं किसी का
बिना बात के ही सज़ा पा रहा हूँ

महकती रही है वफ़ा मेरे दिल में
तभी तो यहाँ पर शजर सा रहा हूँ

मुहब्बत जताई मिला तब भी धोखा
तुम्हें याद कर-कर जिये जा रहा हूँ

8

नींद होगी जिन घरों में घर नहीं मिलते
ढूँढ़िए उनको जिन्हें बिस्तर नहीं मिलते

दोस्ती कैसे हुई उनसे बता मुझको
जो मुसीबत में कभी आकर नहीं मिलते

गीत तेरे गुन-गुनाकर जो हुए नाज़ुक
आज उनसे तुम यहाँ खुलकर नहीं मिलते

जिस्म जिनका टूट करके हो गया दूनर
और तू कहता कि वो घर पर नहीं मिलते

हाल दिल का वो कहें किससे, कहाँ पर अब
इस ज़मीं पर नेकियों के दर नहीं मिलते

रात पर क़ब्ज़ा उसी का ही हुआ लगता
हाकिमों से जो यहाँ दिनभर नहीं मिलते

याद है ना

9

ज़ख़्म पाकर यहाँ क्या ठहर जाऊँगा
दुश्मनों से कहो मैं निखर जाऊँगा

चोट खाता रहा सर झुकाया नहीं
और तू कह रहा उनसे डर जाऊँगा

दूर जो हो गये हैं गिराकर मुझे
मैं उन्हें आज मशहूर कर जाऊँगा

सबको अपना समझता रहा जब यहाँ
तो किसी ना किसी दिन सँवर जाऊँगा

दुश्मनी भी रहेगी नहीं अब कहीं
जिस तरफ़ मैं शहर से गुज़र जाऊँगा

जो गुनहगार-सा मुझको तकते रहे
छोड़ उनके दिलों में असर जाऊँगा

"

तसल्ली दे गया है जो, मुझे सच्चा नहीं लगता
बरसते आँसुओं से मैं उसे भीगा नहीं लगता

जिसे दिल में रखा हरदम संजोकर उम्रभर मैंने
उसे खिलता मिरा चेहरा सुनो अच्छा नहीं लगता

किसी का दर्द कोई जानता कब है, समझता हूँ
यहाँ सबको पड़ी अपनी मगर मुझ सा नहीं लगता

कटेगी ज़िन्दगी कैसे बता दे तू ज़रा मुझको
न जाने क्यों जिगर मेरा तुझे तन्हा नहीं लगता

तड़पता ही रहा मैं सुन फ़रिश्ता तू हुआ जबसे
इधर वरना किसी चौखट कभी पहरा नहीं लगता

उतर कर देख तो छत से नहीं कोई भिखारी मैं
मिरे जैसा तिरे दर पर कोई आया नहीं लगता

11

सुन जहाँ ये बग़ीचे सँवरते मिले
तितलियों के वहाँ पर कुतरते मिले

उठ गया है भरोसा तेरा बाग़ाबाँ
बाग़ में फूल जब ख़ुद बिखरते मिले

लग गयी है किसी की नज़र क्या कहें
ख़ुदकुशी डाल पर पात करते मिले

आँख नम हो गयी है मेरी देखकर
और देखा नहीं दिल सिहरते मिले

मैं कहानी लिखूँ उनकी क्या दोस्तों
जिनके घर साँप, विच्छू ठहरते मिले

नफ़रती फाग मैं खेल सकता नहीं
इसलिए आज जाहिल निखरते मिले

ख़ुशी इतनी मिरा ये हौसला टूटा नहीं अब तक
मगर क़ातिल हवाओं से कभी उलझा नहीं अब तक

अँधेरों को सलामी मैं, यहाँ पर कर नहीं सकता
उजाला बाँटने सूरज इधर आया नहीं अब तक

ज़मीं सहमी हुई लगती डरातीं हैं मुझे रातें
वक़ालत में खड़े जाहिल कोई बोला नहीं अब तक

सहारा माँगना मुझको किसी से भी नहीं आया
इसी ख़ातिर कहीं पर मौत का ख़तरा नहीं अब तक

यहाँ जब ज़िन्दगी से जंग लड़ता जा रहा हूँ मैं
रखेगा याद तो कोई कि मैं हारा नहीं अब तक

न पूछो हाल 'अरसेला' गमों से दोस्ती रख ली
तड़पते रोज़ इस दिल में कोई उतरा नहीं अब तक

याद है ना

13

ज़मीं पर लोग ये मुझको कहीं रहने नहीं देते
उठाकर घर लिये फिरता ज़ुबाँ खुलने नहीं देते

लिये वो हाथ में ख़ंजर, जिगर टूटा नहीं मेरा
मुझे अपने, मिरे हालात को कहने नहीं देते

मिरी आँखें मुहब्बत को तरसती ही रहीं हरदम
मगर मेरे यहाँ पर अश्क वो बहने नहीं देते

कोई आया नहीं है पास में मेरे कहूँ क्या अब
बता तू कौन कहता है दग़ा अपने नहीं देते

तमन्ना थी मिरा भी आशियाना हो कहीं पर ये
ज़मीं वाले ज़मीं पर अब मुझे मरने नहीं देते

मिली नफ़रत, मिला धोखा, मुझे फिर भी, यहाँ पर वो
ख़ुदा वाले, ख़ुदाओं से कभी मिलने नहीं देते

ये जो बहरे लोग हैं सब गीत गाने लग गये
बे-ज़ुबानों की ये महफ़िल भी सजाने लग गये

ढूँढ़ते उनको रहे सब हर गली में रात भर
जिनको दिन की आँच आने कई ज़माने लग गये

घाव गिनकर क्या करेंगे बेबसी जब है यहाँ
आज फिर वो वादों की मरहम लगाने लग गये

सर उठाकर जबसे मैंने यूँ किनारा कर लिया
दिल लगाकर तब से मुझको आज़माने लग गये

क्या ख़ता की, ये ज़ुबाँ मैंने वहाँ पर खोल दी
कह रहे थे काँपकर सब हम ठिकाने लग गये

कर गये वो फ़ैसला मेरा हवा को देखकर
लगता दिल सच्चा नहीं था दिल लुटाने लग गये

याद है ना

जहाँ देखों वहाँ जुमले उछाले जा रहे हैं
इधर ये लोग मुझको ही सँभाले जा रहे हैं

अँधेरों में पला हूँ मैं छुपाकर दर्द अपना
दग़ा देकर मुझे फिर भी उजाले जा रहे हैं

ज़मीं पर नफ़रतों को तू उगाना चाहता है
इसी ख़ातिर यहाँ कुछ साँप पाले जा रहे हैं

हुई क्यों झूठ की बारिश बता दे इस शहर में
जुलूस-ए-सच जहाँ हर दिन निकाले जा रहे हैं

तसल्ली दे रहे बस लोग मुझको देखकर अब
छलकती आँख का पानी सँभाले जा रहे हैं

मुझे एहसान मत दे तू कसर क्या छोड़ दी है
जिऊँ कैसे मैं 'अरसेला' निवाले जा रहे हैं

पुकारूँ क्या, फ़रिश्तों तक न ये आवाज़ पहुँचेगी
है इतना शोर, कानों तक न ये आवाज़ पहुँचेगी

मेरी हर चीख़ पर उसने ठहाके ही लगाये सुन
फ़लक छूते मकानों तक न ये आवाज़ पहुँचेगी

अँधेरों में कई सदियाँ गुज़ारीं है यहाँ फिर भी
मेरे दिल की, उजालों तक न ये आवाज़ पहुँचेगी

नसीहत दे गया है वो न हद को पार कर, वरना
तिरे अपने ठिकानों तक न ये आवाज़ पहुँचेगी

अपाहिज सा हुआ हूँ मैं बग़ावत कर नहीं सकता
इसी ख़ातिर दरिंदों तक न ये आवाज़ पहुँचेगी

नज़र आया न अरसेला जो मेरा थाम ले दामन
समंदर क्या, किनारों तक न ये आवाज़ पहुँचेगी

याद है ना

तल्ख़ ज़ुबाँ ना अपनी रख
सीने में कुछ गर्मी रख

तेज़ बहुत है धूप यहाँ
तपने की तैयारी रख

मौसम बदला-बदला है
नज़रें अपनी तिरछी रख

बादल है बरसात नहीं
मंज़िल तक पग जारी रख

झुक जायेंगे चंदा तारे
अपनी चाल शराबी रख

देख तमाशा ऊब गया
पीर ज़रा सरकारी रख

रोज़ मिलेंगीं आँखें नम
आँखों में कुछ पानी रख

✳

इंद्रसिंह अरसेला

लोग कैसा हिसाब रखते हैं
उँगलियों पर गुलाब रखते हैं

आग दिल की भड़क न जाये सुन
ग़म छुपाने शराब रखते हैं

हो शबों में न घर किसी का अब
इसलिए आफ़ताब रखते हैं

आँख से धूल तू हटा कर देख
अश्क मेरे भी ख़्वाब रखते हैं

बस्तियाँ बे-वफ़ा हुईं जब से
तब से हम ये किताब रखते हैं

क्या कहूँ उनसे आज जो अपने
चेहरे पर नक़ाब रखते हैं

✿

ज़माना है ख़फ़ा मुझसे, हवाओं को बता बैठे
हमारा जुर्म बस इतना, चिराग़ों को जला बैठे

उजाले बाँटके हमने बग़ावत की है ये जब से
तभी से वह मुझी पर शब, यहाँ पहरे लगा बैठे

इजाज़त थी नहीं मुझको मुहल्ले में निकलने की
हुकूमत क़ातिलों की थी, जहाँ महफ़िल सजा बैठे

सफ़र ऐसा न था कोई कि जिसमें हो नहीं कंकर
मगर राहों के ये पत्थर मुझे अपना बना बैठे

किसी त्यौहार पर हमने मनाया जश्न कुछ ऐसे
सड़क पर थे, सड़क पर ही पटाखों को जला बैठे

हथेली की लकीरों को बदल के देख 'अरसेला'
जिसे दुनिया कहे क़िस्मत उसे हम छल बता बैठे

पर्वत सा अडिग रहना सीखा है हुनर मैंने
इन तेज़ हवाओं में छोड़ा न असर मैंने

आ देख मुझे आके बेख़ौफ़ अकेला हूँ
उस रात अँधेरी को, कर दी है ख़बर मैंने

है दर्द कहाँ मुझको एहसास नहीं होता
तब चाँद सितारों का छोड़ा है शहर मैंने

मैं ख़ाक हुआ लेकिन ठहरा न किसी दर पर
दरबार लगा किसका देखा न मगर मैंने

चर्चा भी नहीं आती जो आग लगाते हैं
दीवार मिली केवल, ढूँढ़ा न जो घर मैंने

बिजली भी चमकती है मौसम के इशारों जब
हर एक यहाँ चेहरा बस देखा है तर मैंने

21

लोग ज़िन्दा अब नज़र आते नहीं
जानते घर छोड़ के जाते नहीं

इस शहर में है ख़ुदा सब आदमी
बस शहर को आदमी भाते नहीं

बस्तियों में हर तरफ़ है सिसकियाँ
लोग फिर भी राह पर आते नहीं

दरख़्तों की छाँव का क्या देखना
आँसुओं को जब बहा पाते नहीं

सच छुपाते मुस्कुराकर जो लोग
माने कैसे ख़्वाब दफ़नाते नहीं

इस पसीने ने सताये है बहुत
हैं करोड़ों में गिने जाते नहीं

लगे हर घाव को झुठला दिया उसने
सुनो! हँसकर मुझे ठुकरा दिया उसने

समझ पाया अदा उसकी न अब तक मैं
सवालों से अलग उलझा दिया उसने

न गोला था, न बारूद है, न तलवारें
जो पानी आँख से छलका दिया उसने

तरक़्क़ी देख ली मैंने ख़ताओं की
इसी ख़ातिर मुझे भटका दिया उसने

भरेंगे घाव ये कैसे मिरे गहरे
जिन्हें ख़ुद हाथ से खुजला दिया उसने

न 'अरसेला' तू झाँसे में कभी आना
कमेरी क़ौम को लुटवा दिया उसने

जान बचे तो झूठ सुनाना पड़ता है
ख़ारों को भी यार बताना पड़ता है

सर्दी, गर्मी हर मौसम को आज यहाँ
ख़ुद अपने अनुकूल बनाना पड़ता है

देखूँ कैसे रोज़ उजड़ता मधुवन ये
जंग लगा हथियार उठाना पड़ता है

भूल गया जो पट्टी करना ज़ख़्मों की
उसको मरहम याद दिलाना पड़ता है

रास हुकूमत कैसे आये फूलों की
अपनो का जब ख़ून बहाना पड़ता है

आग निकलती है आहों से जब-जब ये
उठती लपटों को बहलाना पड़ता है

चीख़ हवा में गूँज रही है सपनों की
सपनों को तब सड़कों आना पड़ता है

दिल की गाँठें खोल ज़रा
कुछ तो सच्चा बोल ज़रा

ख़्वाब दिख़ाकर भूला तू
वादे से मत डोल ज़रा

बेघर, भूखे, नंगों की
क़िस्मत लगती झोल ज़रा

सूख गयी हैं कई आँखें
अपनी आँखें खोल ज़रा

लपटें उठती शजरों से
ये नफ़रत न घोल ज़रा

क़स्में ख़ाकर संसद में
कर मत मेरा मोल ज़रा

दूर से जो बहुत चाहता था मुझे
क्या वो नज़दीक से जानता था मुझे

मैं जिसे सोचती हाँ कहूँ या नहीं
उस झुकी इक नज़र का पता था मुझे

सामने रूठता तो मनाती उसे
वह अकेला मिरा, देवता था मुझे

पूछकर ख़ैरियत वो दग़ा दे गया
जो कभी बेख़ता मानता था मुझे

आज उसकी ज़ुबाँ क्यों बदल सी गयी
जो शहर-दर-शहर ढूँढ़ता था मुझे

तन छुआ था मिरा तीरगी में कभी
वो छुअन याद है, चाहता था मुझे

26

अच्छा हुआ उजड़कर तेरा हुआ दिवाना
अब हाल क्या बतायें घर ना कोई ठिकाना

सूरत तिरी दिखी तो आँसू नहीं सँभलते
सुन! लोग कह रहे हैं मुझको मिला ख़ज़ाना

अपनी मुझे महकती ज़ुल्फ़ों की छाँव दे दे
जब पास है न कोई फिर क्यों हुआ बहाना

दिल की बता रहा मैं उम्मीद में जिया हूँ
नाराज़ और होकर तुम अब न दिल दुखाना

मालूम है नहीं मुझको फिर कभी मिलूँगा
मायूस हर गली है मायूस है ज़माना

बेमौत मर न जाऊँ मैं याद में तड़पकर
घायल न छोड़ ऐसा फ़रियाद है जताना

याद है ना

मुझ अजनबी को तुमने बेहाल जब किया है
कैसे करूँ यक़ीं मुझको अपना दिल दिया है

मंज़िल मिली नहीं तो बेबस खड़ा हुआ हूँ
गुमनाम जी रहा मैं फिर भी ज़हर पिया है

दर-दर भटक चुका हूँ करने तलाश तेरी
कहता नहीं कहीं मैं ये ज़ख़्म दे दिया है

चोरी मिरे जिगर की करके कहाँ चली तू
अच्छा नहीं तिरी जो बस याद में जिया है

है ज़िन्दगी ये तुमसे फ़रियाद कर रहा अब
कह दो न, साथ जीने का फ़ैसला किया है

तुमने मुझे सताया ये ज़िक्र ना करूँगा
हँसकर गले लगा, जब अपना बना लिया है

ख़ज़ाना मिल गया मुझको, गुज़रते राह में इक दिन
मैं उस पर दिल लुटा बैठा, ठहरते राह में इक दिन

ख़बर तब आग सी फैली, न सोया रात में पल भर
उसी पल से रहा मैं, साँस भरते राह में इक दिन

मुझे लगता उधर उसका, तड़पता दिल रहा होगा
मगर हम क्या करें जाके, सिहरते राह में इक दिन

चमक ऐसी न है कोई, है उसका चाँद सा मुखड़ा
नज़र फिसली उसे लखकर सँवरते राह मे इक दिन

गुलाबी होंठ थे जिसके उसी की याद में पागल
अकेले हम खड़े है अब ठिठुरते राह में इक दिन

तरस आता इधर मुझको जवानी देखकर उसकी
ठहर मन मीत तू मेरे, उतरते राह में इक दिन

याद है ना

अगर तू न होती मेरी ज़िन्दगी में
बसाते न हम घर कभी ज़िन्दगी में

तुम्हीं से ये रौनक़ तुम्हीं से जहाँ है
ख़ुशी भी तुम्हीं से मिली ज़िन्दगी में

अकेला रहूँ ना यही आरज़ू अब
तिरी याद हर पल बसी ज़िन्दगी में

गले से लगाकर भुला तू ख़ताएँ
मिलेगी मुकम्मल ख़ुशी ज़िन्दगी में

मुहब्बत का दुश्मन जमाना रहा क्यूँ
जिगर को कसक ये रही ज़िन्दगी में

खिड़की कैसे खुली रही होगी
साँस जब आख़िरी रही होगी

क़ाफ़िले तीरगी के आये जब
ये हवा ख़ुद रूकी रही होगी

तुम निकलकर घरों से तो देखो
जो लुटी, फूल सी रही होगी

कई दिनों से उदास था चेहरा
किस तरह वो छुपी रही होगी

वक़्त इतना बुरा न था लेकिन
ये दुनिया डरी रही होगी

आँख को दे कोई तसल्ली क्या
हर ज़ुबाँ जब सिली रही होगी

❀

आँखों में धूल भर गया कोई
फिर हमारे न घर गया कोई

साँस पर बंदिशें लगा करके
इस तरह ज़ख़्म भर गया कोई

काग़ज़ों में लिखे संदेशे सब
सुनते-सुनते बिखर गया कोई

ओढकर धूप की यहाँ चादर
लग रहा भूखों मर गया कोई

पास में भीड़ थी बहुत फिर भी
जिस्म पत्थर सा कर गया कोई

हाथ जिनके सने गुनाहों से
उनको आज़ाद कर गया कोई

इंद्रसिंह अरसेला

इस टूटे हुए दिल को, तू और सताना छोड़
सुन! फूल से हाथों में ख़ंजर को थमाना छोड़

पलकों को भिगोकर मैं सोया हूँ सदा भूखा
दिन याद नहीं आते, वो याद दिलाना छोड़

एहसास कहाँ तुझको मजबूर हुआ हूँ मैं
तक़दीर है काग़ज़ की, तू आग लगाना छोड़

नफ़रत की हुकूमत से दिल ऊब गया मेरा
जो ख़ून का प्यासा है वह साथ सुहाना छोड़

धुंधली सी नज़र आती तस्वीर शहर भर की
फैला है यहाँ पर तम, ना दीप जलाना छोड़

इन ग़ज़लों की पीड़ा को सरकार न समझेगी
फ़रियाद करूँ किससे, तू मौत बुलाना छोड़

हो गया है मशविरा, नश्तर न पिघलेंगे
गिड़गिड़ाने से यहाँ, पत्थर न पिघलेंगे

प्यास तेरी क्या बुझेगी ना समझ है तू
क्यों खड़ा है आस में, सागर न पिघलेंगे

मुट्ठियों में गम छिपाकर बैठना कैसा
जब तक उनकी ख़ौफ़ के, मंज़र न पिघलेंगे

उठ खड़ा हो छीन अपने, तू हक़ों को ख़ुद
मुझको लगता वो इबादत पर न पिघलेंगे

आख़िरी है जंग तेरी मौत से आख़िर
प्यार से अब क़ातिलों के, दर न पिघलेंगे

जानता हूँ मैं इरादे, हाकिमों के सब
वह ज़रूरत में तुझे, अक्सर न पिघलेंगे

तुझको मिरे शहर से मुहब्बत नहीं रही
फिर भी यहाँ किसी को शिकायत नहीं रही

ख़ाली हुई तिजोरी न इसका मलाल है
पर खुल के साँस लूँ मैं, इजाज़त नहीं रही

ख़ुश थे कभी यहाँ जो वो मजबूर हो गये
अच्छा हुआ किसी में शरारत नहीं रही

तूने भुला दिया तो परेशाँ है ज़िन्दगी
कैसे करूँ यक़ीं मैं कि नफ़रत नहीं रही

जिन पर महल खड़े है वो सँभले नहीं अभी
फिर भी किसी ख़ुदा की ज़रूरत नहीं रही

हँसकर गले लगाये जो दिल से मुझे यहाँ
ऐसी नज़र में कोई हुकूमत नहीं रही

याद है ना

बिका था मुल्क जब बाज़ार में कोई
ख़बर ऐसी न थी अख़बार में कोई

दुहाई दे रहा संविधान की मुझको
खड़ा जो झूठ पर सरकार में कोई

फ़रेबी जाल को बुनकर अँधेरों में
बुलाता है मुझे इतवार में कोई

कहीं पे लुट रही इज़्ज़त कहीं दौलत
लुटेरे, पर न कारागार में कोई

सुनी जो चीख़ कानों से यहाँ मैंने
न सुन पाया उसे दरबार में कोई

चुराने हाथ से रोटी भिखारी बन
हुआ ज़ालिम नये किरदार में कोई

इंद्रसिंह अरसेला

ख़ंजर लेकर घूम रहे हैं
फिर भी गर्दन चूम रहे हैं

बाँट रहे जो नफ़रत घर-घर
पहले कितने सूम रहे हैं

जान बचायें कैसे छुपकर
आँखों रोज़ हुजूम रहे हैं

धंधा करते अश्कों का जो
हर बस्ती में घूम रहे हैं

आग बुझाने लाये पानी
राख उठाकर चूम रहे हैं

लोग समझते पत्थर दिल हैं
फिर कैसे वो झूम रहे हैं

याद है ना

तमाशा उसका ये तुझको समझ आया नहीं लगता
खड़ा जब भीड़ के संग तू मुझे टूटा नहीं लगता

फँसाकर मछलियों जैसा तुझे चारा बना लेगा
अदा से वह मुझे दिल का, सुनो सच्चा नहीं लगता

वो उलझाकर कभी तेरी ये रौनक़ भी चुरा लेगा
अभी तेरा मुझे चेहरा यहाँ धुँधला नहीं लगता

पिटारी खोल वादों की दिखायेगा तुझे सपने
ये बस्ती नेवलों की है कोई अपना नहीं लगता

ये दुनिया जानती कब यार, तुम समझो मेरा लहजा
दिखाये खेल जो रहबर तिरा होगा नहीं लगता

निशाना है इधर उसका समझते क्यों नहीं ये लोग
जो 'अरसेला' मगन होता वही ज़िन्दा नहीं लगता

हैं इरादे आपके जो जान लेते हैं
बंद कमरों की हवा पहचान लेते हैं

बोझ सच का, झूठ का, ढोते रहे फिर भी
लोग मेरा कब यहाँ एहसान लेते हैं

ठोकरें ख़ाकर हमीं जब दर-बदर होते
तब तुम्हारी नफ़रतें हम जान लेते है

मुफ़लिसी भी राह रोके ज़िन्दगी की तब
हौसले टूटे नहीं, यह मान लेते हैं

सर झुकाकर जी रहे, फिर भी रही ज़िल्लत
याद रख मुझको, कहाँ मुस्कान लेते हैं

ख़ुदकुशी हम क्यों करेंगे जान है जब तक
दुश्मनों की चाल हर पहचान लेते हैं

याद है ना

घाव मेरे दिल के खुजलाने लगे हैं
इसलिए कुछ लोग उकताने लगे हैं

जश्न जो आज़ाद होने का मनाते
भूख मेरी पर, वो झुठलाने लगे हैं

योजनाएँ मुफ़्त खोरी की बताकर
माल बगुले दूर पहुचाने लगे हैं

याद मुझको है नही कुछ आजकल, वो
देश क्या, क़ानून भी खाने लगे हैं

पाठ मुझको एकता का जो पढ़ाये
वह तरीक़े जुल्म के लाने लगे हैं

जब बँटे हम जातियों में हिन्दू कैसे
चाल समझे तब, जब उलझाने लगे है

सुकूँ वतन का मेरे छीनता रहा अब तक
मिरी वफ़ा का तुझे क्या पता रहा अब तक

हर एक क़ौम की औलाद आज है घायल
दिखा न और असर काँपता रहा अब तक

इसी ज़मीं में खिला तू, पला बढ़ा निशदिन
किसी तरह मैं तुझे सींचता रहा अब तक

मिरे कफ़न पे दलाली हुई यहाँ फिर भी
मिरी वजह से तू ही देवता रहा अब तक

न आँधियों से उलझ तू, जड़ें नहीं गहरी
हरा भरा बरगद बे-पता रहा अब तक

कहूँ मैं क्या तुझसे रोज़ ख़ूँ लगा बहने
खड़ा हुआ 'अरसेला' जता रहा अब तक

याद है ना

आग से तूफ़ान से लड़ता रहा हूँ मैं
और अपने हाल पर पछता रहा हूँ मैं

फ़ाइलों में दब गया जब पेज क़िस्मत का
चाँदनी उस रात में घुटता रहा हूँ मैं

कब घिनौनी सोच के नाख़ून उखड़ेंगे
देख अपनी लाश को हँसता रहा हूँ मैं

ढो रहा बेरोज़गारी देख तो आकर
थक गया फिर भी तुझे खलता रहा हूँ मैं

दहशती पंजे जहाँ ये ख़ून पीते हैं
कैसे अस्मत को वहाँ ढँकता रहाँ हूँ मैं

हाथ पर रोटी उगेगी कब बता मुझको
पत्तियाँ जब भूख में गिनता रहा हूँ मैं

इंद्रसिंह अरसेला

आकाश के तारों को गिनते न रहेंगे हम
कई बीत गयी सदियाँ, लुटते न रहेंगे हम

देखो तो इधर मातम पसरा है उजालों में
अब कैसे गुज़र होगी, सुनते न रहेंगे हम

उपदेश नहीं देते जो आज ये रौशन है
वो बाँट रहे नफ़रत, कहते न रहेंगे हम

घोषित भी जहाँ गीदड़ ये राष्ट्र पशु होंगे
उस देश में क्या हर दिन जलते न रहेंगे हम

चिंगारी जो निकली है हर एक जवानी से
वह आग बनानी है, डरते न रहेंगे हम

हैं बाज शिकारी सुन, चुप्पी है तुम्हारी जब
आतंक ये उनका अब सहते न रहेंगे हम

याद है ना

43

मुझे है पता आँख भर जायेगी
सुबह रौशनी जब उधर जायेगी

कहूँ दास्ताँ मैं कहाँ ज़ुल्म की
ये दहशत यहाँ, जब ठहर जायेगी

तड़पता रहा एक मासूम वो
न समझा, मुहब्बत बिखर जायेगी

न पानी मिला वो न मौतें रुकीं
है ऐसी सियासत मुकर जायेगी

मेरी बात का जब हुआ ना असर
क़ज़ा फिर किसी के तो घर जायेगी

ख़ुशी ज़िन्दगी से नदारद रही
न उसको कभी ये ख़बर जायेगी

उठा है धुआँ तो यहाँ आग होगी
जहाँ हो जवानी, वहाँ आग होगी

क़मीज़-ए-लहू से सनी जब तुम्हारी
समझ, क्या जिगर, दरमियाँ आग होगी

जब उसकी हिफ़ाज़त ख़ुदा ना करेगा
हवा रोयेंगी सुन, जवाँ आग होगी

न मंदिर, न मस्जिद की, है बात कोई
निवालों की बस ये बयाँ आग होगी

न महफ़ूज़ होंगे ख़बर ये मिली जब
झुलसते घरों में, मियाँ आग होगी

कोई तो चलेगा मशालों को लेके
थकेगा न तब हुक्मराँ आग होगी

याद है ना

देश का नक़्शा सिमटता जा रहा है यार
मैं कहूँ कैसे उजड़ता जा रहा है यार

दोष मेरा क्या शराफ़त बाँट दी घर-घर
दिल को फिर भी तोड़, हँसता जा रहा है यार

ग़म बहुत लेकिन, किसी से कह नहीं सकता
और तू मुझसे झगड़ता जा रहा है यार

मौत को ले साथ में तूफ़ान आया तब
दौर ऐसे में बिछुड़ता जा रहा है यार

हो रही है जब यहाँ, बौछार वादों की
फिर वतन कैसे सिकुड़ता जा रहा है यार

राजमहलों का मज़ा जो चख नहीं पाया
रेत के घर में तड़पता जा रहा है यार

गिर गये पर्दें मगर नाटक रहा जारी
इसलिए चेहरा बिगड़ता जा रहा है यार

इंद्रसिंह अरसेला

कहाँ जा रहे हो चुराकर मेरा दिल
मुझे छोड़, अपना बनाकर मेरा दिल

रुकी साँस मेरी तुम्हारे बिना ये
निगाहें न फेरो जलाकर मेरा दिल

तड़पता रहा दिल ख़फ़ा कब हुआ है
तिरी धडकनों में समाकर मेरा दिल

मिरी याद तुमको सताती नहीं क्या
मेरे पास आओ सजाकर मेरा दिल

मिरी ज़िन्दगी का सहारा तुम्हीं हो
ज़रा थाम बाँहों में आकर मेरा दिल

छुपाऊँ कहाँ अब कली जो खिली है
भरोसा किया, ना ख़फ़ा कर मेरा दिल

याद है ना

लोग जब उँगली चबाने लग गये हैं
फ़ैसले ख़ंजर सुनाने लग गये हैं

सौंपते है जो शबों को बस्तियाँ ख़ुद
वो उजालों को बुलाने लग गये हैं

सभ्यता नंगी खड़ी जो फेर कर मुँह
फिर भी उसका दिल दुखाने लग गये हैं

खो गयीं जब गीत ग़ज़लें इन ग़मों में
तब शरीफ़ आँसू बहाने लग गये हैं

छीन ली आज़ादियाँ अफ़वाह थी, जो
है हक़ीक़त हम ठिकाने लग गये हैं

सौंप दूँ कैसे वतन मैं क़ातिलों को
जो मिरा ख़ुद सर झुकाने लग गये हैं

सब धुआँ थे ख़्वाब मेरे पर करूँ क्या
दुश्मनी जब वो निभाने लग गये हैं

इंद्रसिंह अरसेला

न दौलत शबों की खड़ी चाहिए
मुझे रौशनी बस खुली चाहिए

अजब हाल है, अश्क बहते मेरे
तुझे और कितना धनी चाहिए

भरोसा नहीं जब मुझे जान का
मैं कहता कहाँ ज़िन्दगी चाहिए

जिया फ़ासलों में यहाँ कई सदी
कहीं ये नज़र ना झुकी चाहिए

मुक़द्दर जो अपना बदल ना सके
मुझे उस की सूरत खिली चाहिए

जलें बेटियाँ होलिका की तरह
न ऐसी हुकूमत भली चाहिए

49

आज़ाद मेरा देश तू नीलाम कर रहा
सड़कों पे ज़िन्दगी को सरेआम कर रहा

बरबादियों का जश्न मनाकर न तू थका
मुझको यहाँ फ़िज़ूल में बदनाम कर रहा

जो आग थी जिगर में दबाके रखी सदा
तू आँधियों के पास में क्या काम कर रहा

हर ज़ख़्म से ख़ुदा की क़सम अजनबी हूँ मैं
बेज़र हुआ नहीं तो मिरे नाम कर रहा

जो मिल रहा उसी को मैं क़िस्मत समझ गया
महसूस कर न पाया, वो आराम कर रहा

कंगाल हो गया मैं न रोया कभी यहाँ
भूखा जो पेट, तू उसे बदनाम कर रहा

क्यूँ अपाहिज बना हुआ है यहाँ पर
बोल क्या तू दबा हुआ है यहाँ पर

मुझको अफ़सोस है तिरी इस दशा पे
कचरे में क्यों डला हुआ है यहाँ पर

गालियों का असर तुझे कब हुआ है
सुन! मेरा सर झुका हुआ है यहाँ पर

गिड़गिड़ाता रहा ये हैं हाल तेरे
छीन हक क्यूँ डरा हुआ है यहाँ पर

देश आज़ाद है यहाँ उठ खड़ा हो
पैर किसके पड़ा हुआ है यहाँ पर

है इजाज़त उड़ान भर थक नहीं तू
रास्ता हर खुला हुआ है यहाँ पर

कह रहा दिल तिरा, वह मैं कहता नहीं
जब तिरी आँख में प्यार दिखता नहीं

चाहता हूँ बहकना मगर क्या करूँ
साँस में तू बसी तो बहकता नहीं

मैं तड़पता रहा इक हँसी के लिए
जो दिया है मुझे ज़ख़्म भरता नहीं

कोई धागा नहीं पर बँधा हूँ बहुत
इस अदा पर तिरी कौन लुटता नहीं

दिल ये बैचेन है मैं कहूँ किस तरह
याद जाती तिरी दर्द सहता नहीं

राह तकता रहा सुन ख़ुदा की क़सम
किसको अपना कहूँ कोई मिलता नहीं

उम्रभर बोझ को उठाता रहा मैं
जान तुझपे सदा लुटाता रहा मैं

इन बुतो से दुआ कहाँ माँगता अब
इसलिए बस दिया जलाता रहा मैं

धूप से मैं नज़र मिलाऊँ कहाँ तक
जब पसीने से ख़ुद नहाता रहा मैं

हादसों ने मुझे डराया बहुत, पर
राह अपनी अलग बनाता रहा मैं

लोग हँसते रहे मिरे हाल पर सब
आँसुओं को जहाँ बहाता रहा मैं

फ़ासले जब मिले तिरे इस शहर में
ज़िन्दगी जो मिली, हँसाता रहा मैं

याद है ना

मेरी आँखों में बसता जो, नज़र अपना नहीं आया
मगर मुझको ज़माने का कभी ख़तरा नहीं आया

भुलाता ही रहा मैं हर खता उसकी यहाँ फिर भी
वो कहता है तिरे जैसा, कोई बिखरा नहीं आया

बड़े ही शौक़ से मैंने, तराशा था यहाँ दिल, जो
झुका ना सर कभी उसका, मगर कहना नहीं आया

लुटीं जब बस्तियाँ दिन में कोई घर से नहीं निकला
बताओ कौन है जो ख़ून से लिपटा नहीं आया

जहाँ पर आँसुओं की बोलियाँ लगतीं रहीं निशदिन
वो मुझको क्या ख़रीदेगा, वहाँ बिकना नहीं आया

हुनर सीखा जो जीने का यहाँ जिसने, मुझे कहता
तुझे अब तक ज़माने की तरह चलना नहीं आया

छूट जायेगा पसीना क़ैदख़ाने में
देख तू जाकर मिरे उस आशियाने में

होंठ सूखे, पेट ख़ाली ही रहा मेरा
जी रहा तब भी यहाँ क़ातिल ज़माने में

दिल उजालों को तरसता ही रहा हर दिन
और तू कँपता नहीं दीपक बुझाने में

आसमानी बिजलियों का डर नहीं फिर भी
रात कटती है मिरी बच्चे सुलाने में

कौन कहता मैं शराबी हो गया हूँ अब
पी रहा हूँ अश्क ग़म के इस ठिकाने में

नफ़रतों की आग तुमने जो लगाई है
जल गया है हाथ, उसको बस बुझाने में

याद है ना

55

फ़ौज अंधों की खड़ी है
ज़िन्दगी तब लुट रही है

झूठ के इस जश्न में सब
डाकुओं की इक लड़ी है

बन्द हैं सब द्वार दिन में
रात बिस्तर में छुपी है

है क़हर जारी यहाँ पर
तू बता क्या दुश्मनी है

मैं बताऊँ हाल कैसे
मुश्किलों में झोंपड़ी है

राज शब का जब हुआ तब
आग ख़ुद जलने लगी है

चंद तिनकों की ज़ुबाँ में
अब दिखी ये खलबली है

बंद करके खिड़कियाँ, ख़तरा न जायेगा
हादसों का ये शहर झेला न जायेगा

कह रहे हैं गिड़गिड़ाके लोग आहें भर
हो चुका जो फ़ैसला बदला न जायेगा

टेढ़ा होना लाज़मी है इस ज़माने में
है नहीं कोई कहे, काटा न जायेगा

सर तुम्हारे जब हुए, चोटिल तो यह कहते
पत्थरों को अब खुला रक्खा न जायेगा

सिर्फ़ चीख़ें ही बचीं हो, तब यहाँ हर दिन
जानता हूँ ज़ुल्म तू सहता न जायेगा

सुबह देखी ही नहीं अब तक कहाँ गुम है
मुफ़लिसों की इस गली रस्ता न जायेगा

ये निगाहें थक गयीं हैं देख अरसेला
हाल अपना है वही लिक्खा न जायेगा

याद है ना

है भीड़ बहुत भारी चहुओर लुटेरों की
मैं बोल न पाऊँगा जय चोर लुटेरों की

चाकू से हजामत जब, वो रोज़ बनाते हैं
फिर पेट पे बंदिश क्यो, पुरजोर लुटेरों की

ज़ुल्मों के ख़िलाफ़ यहाँ आवाज़ उठाऊँ क्या
जब फ़ौज खड़ी तेरी हर छोर लुटेरों की

महलों में छुपाकर धन बेख़ौफ़ है जो दीवार
कबतक न टूटेगी आदम खोर लुटेरों की

कुर्सी को बचाने में जो आज वहाँ चुप हैं
वह कुर्सी हिला दूँगा लतखोर लुटेरों की

सूरज भी मिला होगा, जब रात अकेले में
दहशत में वतन तब है हर ओर लुटेरों की

मेरे कांधों से हमेशा, धूप गुज़री है
ज़िन्दगी फिर क्यों मेरी अबतक न सँवरी है

बात मनकी कह न पाया मैं कभी तुमसे
इसलिए मेरी ज़रा यह शक्ल उतरी है

देख मुझको हँस रहा जो, इस ग़रीबी में
रात उसकी बेरहम, आकर के ठहरी है

दे तसल्ली जब कोई आँखें छलक उठतीं
और उदासी भी मिरे आँगन में बिखरी है

सब्र के टुकड़े समेटे हैं जिगर अपने
तब सलामत आज तक, ये नींद गहरी है

उम्रभर घुटता रहा इस कारख़ाने में
जानता था मैं तिरी सरकार बहरी है

याद है ना

59

यार! बादल किस बहाने आ गये
आग सुलगा कर बुझाने आ गये

तय हुआ था जो बहुत पहले, वही
पाठ मुझको ये रटाने आ गये

थे मुनव्वर अश्क मेरे हर तरफ़
पर, मिरा तुम दिल जलाने आ गये

है जो रौनक़ ये हमारी आजकल
क्या करूँ वह भी चुराने आ गये

हर शहर सहमा हुआ है, तब मुझे
जाने कैसे आज़माने आ गये

ख़्वाब में हमने उड़ानें जब भरीं
लोग तब ये सर झुकाने आ गये

बारिशों में ये पसीना बह रहा है लोगो!
है हक़ीक़त हर कोई, जब कह रहा है लोगो!

हर किसी को क्या बतायें चीख़ कर ये हालात
जिस्म अपना दर्द को सब सह रहा है लोगो!

फेंक देना डर उठाकर, जो रखा है तुमने
आँसुओं से जब यहाँ घर ढह रहा है लोगो!

आदमी है या हुकूमत का खिलौना ये कोई
जो सभा में मोल बिकता यह रहा है लोगो!

हो गया पतझड़ मगर, किससे कहे दिल की वो
है ख़फ़ा फिर भी यहाँ चुप रह रहा है लोगो!

पेट ख़ातिर धूप के हमले सहे है जिसने
देख! झुलसा सा ये जंगल, वह रहा है लोगो!

याद है ना

उदासी है घरों मे सुन, कहीं बदला नहीं कुछ भी
जलें चूल्हे यहाँ कैसे, नज़र आया नहीं कुछ भी

कई दिन से यहाँ गलियाँ मुझे वीरान सी लगतीं
हिफ़ाज़त में खड़े कुत्ते, मगर समझा नहीं कुछ भी

कहाँ गुम हो गये पत्थर दिलों को कर के ये हाकिम
हुई है मौत की बारिश, कहा ऐसा नहीं कुछ भी

कमर कस ली हवा ने जब, वो बैठेगी नहीं घर पर
बुझायेगी वहाँ दीपक जहाँ ख़तरा नहीं कुछ भी

यहाँ क़ीमत लिबासों की भला वो जानता कैसे
फटे कपड़े पसीने तर, मगर कहता नहीं कुछ भी

बुझी सी बस्तियाँ लगती, ख़ुदा जाने हुआ क्या था
तुम्हारी हरकतों से अब, पता लगता नहीं कुछ भी

झुका जो सर कहीं तेरा, वो टूटा मान लेते हैं
लहू ठण्डा हुआ तो लोग मुर्दा मान लेते हैं

तिरे हालात पर जिनकी, नज़र पहुँची नहीं जबतक
अँधेरों को वहाँ पर वह, उजाला मान लेते हैं

न रखना साथ में उनको, ठिकाना छोड़ कर बैठे
किसी के हुक्म को अपना जो जलवा मान लेते हैं

तिरी मासूमियत पर बस अदाएँ फेंक देता वो
अगर रौशन हुआ है तू, तो रिश्ता मान लेते हैं

यहाँ जो फ़ैसला होगा न जायेगा तेरे हित में
कहूँ क्या और मैं तुझसे, वो तन्हा मान लेते हैं

मुहब्बत की हुकूमत से ठनी है जंग ये कैसी
सुनो वह जीत कर तुझको तमाशा मान लेते हैं

हम हिफ़ाज़त को कहाँ हथियार रखते हैं
दुश्मनी रखते, न पहरेदार रखते हैं

जेब ख़ाली है मगर, दिल के हैं जो सच्चे
ऐसे दिल के बाग़ हम गुलज़ार रखते हैं

फ़िक्र जिनको है, भयानक इन अँधेरों की
रोज़ उनके याद कारोबार रखते हैं

गाय, चीता, भैंस ये मुद्दा नहीं अपना
पर सियासी कब, इधर तलवार रखते हैं

थक गये है पाँव जिनके नापकर राहें
दर-ब-दर उनको, यहाँ बाज़ार रखते हैं

यार तुमने आज तक जो छल दिया मुझको
पास अपने हम वही उपहार रखते हैं

मज़हबी चश्मा जो आँखों पे जड़ा है आजकल
इसलिए वह आदमी नंगा खड़ा है आजकल

रोज़ कहता मैं, यहाँ तुम झूठ इतना मत कहो
साँच बिस्तर में कहीं लिपटा पड़ा है आजकल

जो टँगा था बस बहस में यार झंडों की तरह
ताजदारों की वो उँगली पर खड़ा है आजकल

और कितने रंग दिखायेगी मुझे अब यह सदी
हर कोई जब इस तरह ख़ुद रंग चढ़ा है आजकल

देश गुजराती हुआ या नगपुरी मुझको बता
ज़ख़्म मेरे क्यों खुजाने को अड़ा है आजकल

लाद कर जो योजनाएँ काँपता अबतक रहा
वह तुम्हारी शान पर भारी पड़ा है आजकल

याद है ना

जब अकेला ही दिये-सा जल रहा हूँ मैं
दोस्तो! उसको यहाँ क्यों खल रहा हूँ मैं

तुम शहर की इन हवाओं से कहो जाकर
हर किसी की याद में, अब गल रहा हूँ मैं

ज़ख़्म सीने में छुपाकर ख़ुद रखे अपने
किसलिए फिर इस तरह घायल रहा हूँ मैं

चोट खायी पत्थरों की राह में जब से
हौसला रखके सफ़र में चल रहा हूँ मैं

आग से जब दोस्ताना रख लिया तुमने
तब बरसते बादलों का जल रहा हूँ मैं

सुन! उजाले बाँट कर के थक गया जब से
लोग कहते हैं सभी पागल रहा हूँ मैं

जानता हूँ मैं इजाज़त है नहीं लेकिन
धीरे-धीरे दुश्मनों में ढल रहा हूँ मैं

जहाँ पर दियों को सजाया गया है
वहाँ रात को भी बुलाया गया है

जहाँ पर ये महफ़िल सजी है, बता तू
किसे आँसुओं से नहाया गया है

तसल्ली रखे वह कहाँ तक जिगर में
जिसे हर तरह से गिराया गया है

निवालों के ख़ातिर भटकता रहा जो
उसी को हमेशा दबाया गया है

तुम्हें क्या बताऊँ हुई मौत कैसे
हुआ हादसा ये बताया गया है

कोई पूछता ना मिरी ख़ैरियत अब
मुझे रात में क्यों सताया गया है

याद है ना

कौन है वारिस यहाँ का ध्यान में होगा
तू बता क्या फ़ैसला मैदान में होगा

राह दुनिया को दिखाई सत्य की जिसने
सुन उसी का मान हिन्दुस्तान में होगा

देख ले तू खोद करके हर कहीं मिट्टी
शांति का संदेश हर चट्टान में होगा

छल कपट दिल में भरा है, और तू कहता
ना किसी से बैर अब इन्सान में होगा

सर झुकाया जब विदेशों में लगा मुझको
मुल्क मेरा बुद्ध की पहचान में होगा

छोड़कर हथियार कुछ तो प्यार कर मुझसे
तब समूचे तू जगत की जान में होगा

शुंग सा क़ातिल कोई होगा न अरसेला
कुछ बचा इतिहास, रौशनदान में होगा

इंद्रसिंह अरसेला

दर्द सीने में दबाकर रख लिया मैंने
और क्या करता छुपाकर रख लिया मैंने

शब यहाँ नाराज़ थी मुझसे, इसी ख़ातिर
ख़ुद चिराग़ों को जलाकर रख लिया मैंने

घर किसी तूफ़ान के डर से न छोड़ूँगा
आँसुओं को जब बचाकर रख लिया मैंने

पूछना है हाल मेरा तो जहाँ से पूछ
चाँद रातों से छुड़ाकर रख लिया मैंने

कई दिनों से सुन यहाँ सूरज नहीं निकला
बादलों को तब बुलाकर रख लिया मैंने

मैं तुम्हारे जैसा पत्थर दिल न अरसेला
इसलिए पत्थर सजा कर रख लिया मैंने

याद है ना

69

ठोकरें ख़ाकर यहाँ इस मोड़ पर आया
और तू कहता कि मुझमें अब हुनर आया

धूप में तपकर इरादे हो गये मज़बूत
इसलिए उस मौत का डर छोड़कर आया

ज़िन्दगी से जंग जब हारा नहीं हूँ तब
देखने मुझको फ़लक नीचे उतर आया

देख ली मैंने मुहब्बत अपने हाकिम की
साथ साये सा रहा फिर भी बिखर आया

आँसुओं को हर जगह हँसकर सँभाले ख़ुद
जानता हूँ इसलिए ग़म भी इधर आया

राह अपनी ख़ुद बनाकर मैं चला निशदिन
तब अकेला आँधियों के पर कुतर आया

ख़रीदे आँख का पानी यहाँ ऐसा नहीं कोई
शहर भर में मुझे प्यासा नज़र आया नहीं कोई

जो सपने थे मिरे अपने बिखर कर हो गये जब चूर
मुझे लगता किसी से अब रहा रिश्ता नहीं कोई

ये सूरत देखकर मेरी किनारा कर लिया उसने
कभी जो प्यार से कहता यहाँ सच्चा नहीं कोई

ढलानें मौत की थीं जो लुढ़कता मैं रहा उन पर
निगाहों से गिरा ऐसा वहाँ ठहरा नहीं कोई

यहाँ से जाऊँ तो जाऊँ कहाँ उड़कर परिंदों सा
ठिकाना भी नहीं मेरा, हुआ अपना नहीं कोई

हुआ एहसास ये मुझको गुज़ारा हो नहीं सकता
दिख़ाकर क्या करूँ मैं पेट जब सुनता नहीं कोई

वो ऐसे दौर अरसेला बिना मतलब यहाँ मुझसे
लगाये दिल तो समझूँ मैं कि अब तन्हा नहीं कोई

याद है ना

मछलियों से जो किया वादा निभायेंगे
वह निकट तालाब के होटल बनायेंगे

हाकिमों से जो सलामी कर नहीं पाये
उनको कुछ बगुले अँधेरों में बुलायेंगे

वह गुनाहों की हिमायत में खड़े होकर
याद है मुझको यहाँ शासन चलायेंगे

झाड़ियों में रह रहे थे आज तक जो लोग
इस शहर में बस्तियाँ उनकी बसायेंगे

रौंदकर जिसने मुझे मुड़कर नहीं देखा
क़ीमती मुझको कफ़न अब वो दिलायेंगे

एक हो आवाज़ जब भी भूख के ख़ातिर
मुफ़लिसों की वह सुनों महफ़िल सजायेंगे

इंद्रसिंह अरसेला

पत्थरों से आँसुओं की हम शिकायत क्या करें
वह पिघलते ही नहीं है तो इबादत क्या करें

मज़हबों के नाम पर जो बँट गये हैं आदमी
फ़ासलों में आज उनसे हम मुहब्बत क्या करें

पाँव जख़्मी हो चुके काँटों से करके दोस्ती
सुन! किसी से गिड़गिड़ाकर अब हिफ़ाज़त क्या करें

न्याय मिलता ही कहाँ है मुफ़लिसों को आजकल
रुख़ हवाओं का उधर है तो बग़ावत क्या करें

क़त्ल कैसे हो गया दिन में वहाँ तलवार से
मुझको लगता है सियासी चाल नफ़रत क्या करें

जिनको हमने सौंप दी है बस्तियाँ दिल की यहाँ
दिल लगाकर तोड़ता वह, है जो हिम्मत,क्या करें

याद है ना

झूठ का धंधा ये कैसा चल रहा है साहब
हाथ अपने सच यहाँ पर मल रहा है साहब

कब उतारोगे ज़मीं पर तय हुआ जो सूरज
ये अँधेरा ज़िन्दगी को खल रहा है साहब

चाहकर भी इस जहाँ में जी नहीं पाये हम
आँसुओं का जश्न जब हर पल रहा है साहब

लाश अपनी ढो रहे है आज भी वह कैसे
ख़्वाब में भी जिस्म जिनका गल रहा है साहब

इश्तिहारों को चबाकर खा गया है कोई
और ये इल्ज़ाम मुझ पर चल रहा है साहब

देख तू हैरान हैं चेहरे यहाँ जो अरसेला
ख़ौफ़ आँखों में उसी के पल रहा है साहब

इंद्रसिंह अरसेला

गीत दरबारी मुझे लिखना नहीं आया
चंद सिक्कों में कहीं बिकना नहीं आया

लोग कंधों पर लिये फिरते यहाँ जिनको
दोस्ती उनसे मुझे रखना नहीं आया

छोड़ दी उम्मीद मैंने यार दुनिया से
इसलिए मुझको कभी झुकना नहीं आया

छीन ले आँसू कोई ऐसा नहीं दिखता
क्या कहूँ तुमसे नज़र अपना नहीं आया

ज़ख़्म गिनकर मुफ़लिसों के क्या करूँगा मैं
मरहमों को ज़ख़्म जब भरना नहीं आया

देख पाया ही नहीं सिकुड़ा बदन उसका
ताजदारों सा जिसे गिरना नहीं आया

याद है ना

किसी मुद्दे को लेकर वो जहाँ बैठे हुए होंगे
मुझे लगता वहीं बिकने क़तारों में खड़े होंगे

कोई मन से कोई धन से, कोई डर से बिका होगा
यहीं सच है तराज़ू पर सभी तुलने लगे होंगे

समझता था जिसे अपना मिला ग़ैरों से जा करके
शराफ़त छोड़ दी होगी जहाँ सिक्के मिले होंगे

न समझा दुश्मनी उसकी जिसे पलकों बिठाया है
उसे मालूम है सबकुछ मेरे आँसू गिरे होंगे

यहाँ कुछ लोग पत्थर को धड़कता दिल समझ बैठे
बहुत नादान लगते हैं कमर तक जो झुके होंगे

रखें रिश्ता गुनाहों से जो अरसेला, वहाँ जाके
कभी फुर्सत मिले तुम देखना पतझड़ हुए होंगे

अच्छे दिनों की आस में लुटता रहा यहाँ
फिर भी यक़ीं नहीं है जो बिकता रहा यहाँ

इसको भला कहूँ मैं न उसको बुरा कहूँ
जब हादसों से उनका रिश्ता रहा यहाँ

जो रोज़ हर ज़ेहन में ज़हर बो रहा सुनों
क़िस्मत मेरी वही तो ये लिखता रहा यहाँ

मिलती नहीं ज़मीनें कि दफ़ना सकूँ क़हर
वो पीर हूँ कहाँ मैं जो दिखता रहा यहाँ

तारीफ़ क्या करूँ मैं सियासी निज़ाम की
गाली ग़रीब की जो यूँ सुनता रहा यहाँ

किसने सजायी रात में महफ़िल पता नहीं
अस्मत लुटी है रात में कँपता रहा यहाँ

याद है ना

न मिलती धूप आँगन में जो बस चलता अमीरों का
बही में टाँक दी जाती भरोसा क्या अमीरों का

हवा मिलती न जल मिलता ज़मीं सहमी हुई होती
फ़लक पर सुन अगर होता यहाँ क़ब्ज़ा अमीरों का

कभी पनघट, कभी शामशान छीना है ग़रीबों से
मगर कैसे कहूँ दिल की शहर अपना अमीरों का

हुआ पतझड़ शजर सा जो , उतारी छाल भी तुमने
तरस खाओ ज़रा इस पर, क़हर टूटा अमीरों का

हमेशा दूरियाँ रखना, यहाँ ऊँचे मकानों से
परखना मत यहाँ कोई मिले चेहरा अमीरों का

है ऐसा हाल अरसेला, सुनाऊँ मैं किसे पीड़ा
जिसे अपना समझता हूँ, वही मिलता अमीरों का

78

बरसते पत्थरों का डर नहीं लकता
खुले में सो रहा हूँ, घर नहीं लगता

भरोसा उठ रहा है, ज़िन्दगी से जब
तिरा ख़ंजर मुझे ख़ंजर नहीं लगता

मुझे लगता समन्दर है नहीं अपना
मगर मुझको बुरा दिल पर नहीं लगता

पड़ी आदत मुझे हर दर्द सहने की
हुआ अच्छा कभी बेजर नहीं लगता

करूँ क्या जब हुआ ज़रूख़्मी जिगर मेरा
झुकाऊँ मैं किसे अब सर नहीं लगता

रहा ज़िन्दा यहाँ पर मैं कहूँ केसे
मुझे कोई यहाँ कमतर नहीं लगता

याद है ना

79

चिरागों के शहर में भी उजाला मिल नहीं सकता
धुआँ इतना कि सपनों का घरोंदा मिल नहीं सकता

मुझे लगता वहाँ पर हादिसा कुछ तो हुआ होगा
मनाऊँ मैं खुशी कैसे बहाना मिल नहीं सकता

यहाँ जिनके इशारों पर हुआ था कत्ल का सौदा
बहाये अश्क घड़ियाली वो मौका मिल नहीं सकता

सुनी अफवाह थी मैंने, नयन भीगे रहे जिनके
उन्हें केवल मिले वादे, सहारा मिल नहीं सकता

कहाँ तक दर्द को गाऊँ, कहाँ तक चुप रहूँ ऐसे
जहाँ रातें हुई बोझिल, ठिकाना मिल नहीं सकता

समझते हैं कहाँ ये लोग, चेहरे की उदासी को
किसी से अब कहीं पर मैं अकेला मिल नहीं सकता

80

अँधेरों की दौलत अदा कर रहा हूँ
मैं उसकी नज़र में वफ़ा कर रहा हूँ

जिसे रोज़ पूजा बसाकर के दिल में
धनी बन उसी से दग़ा कर रहा हूँ

जिन्हें मंज़िलों की ख़बर तक नहीं है
उन्हें राह से में जुदा कर रहा हूँ

तसल्ली नहीं थी जवानी में मुझको
बुढ़ापे में सबकी दुआ कर रहा हूँ

ख़ुशी लूट कर ख़ूब दौलत कमाई
धर्म के लिए अब कथा कर रहा हूँ

न बीमार होता न एहसास होता
जिऊँ और कैसे दवा कर रहा हूँ

याद है ना

हाल ऐसा है यहाँ सहमें खड़े हैं लोग
क्या कहूँ इनसे कई गाँठें चड़े हैं लोग

मुंसिफ़ों से न्याय की उम्मीद क्या रखना
कह रहे हैं अश्क ये चिकने घड़े हैं लोग

धर्म जाति में उलझकर हो गए अंधे
इसलिए रातें बुलाने पर अड़े हैं लोग

इस शहर में सिसकियों का देखना क्या है
हर गली में लाश जैसे ही खड़े हैं लोग

रोज़ नाटक चल रहा है बस कथाओं का
है सियासी दाव औंधे मुँह पड़े हैं लोग

है अजब मंज़र दिलों का जोड़ दूँ कैसे
नफ़रतों के बीच जब बोने खड़े हैं लोग

इंद्रसिंह अरसेला

ज़िन्दगी से ख़फ़ा हर शहर देखिए
दोस्तों! भुखमरी का असर देखिए

जल रहा धूप में जो यहाँ आदमी
तू उजड़ता हुआ उसका घर देखिए

भूख से मर गया है तड़पकर कोई
बात ऐसी न थी, ये ख़बर देखिए

मुस्कुराता हुआ कोई मिलता नहीं
हो गई बेवफ़ा हर सहर देखिए

बिक रहा है बदन फूल सा हर डगर
फिर भी दिखता न, ऐसी नज़र देखिए

नींद ग़ायब हुई ख़्वाब डसने लगे
जिस्म जब भी हुआ दर-बदर देखिए

याद शबभर हँसाती रही जो यहाँ
अब उसी का इधर तू क़हर देखिए

याद है ना

तराज़ू से हवा तुलने लगी है
इसी ख़ातिर नज़र झुकने लगी है

कहूँ आज़ाद भारत की कहानी
सड़क पर आबरू लुटने लगी है

वहाँ जा तमगरों से आज कहना
उजालों की लपट लगने लगी है

मिरा क़ातिल मुहब्बत जानता कब
मुहल्ले में ख़बर चलने लगी है

बता तू बारिशें होंगी कहाँ पर
यहाँ की ये फसल सिकने लगी है

मुझे लगता गुलामी आयेगी अब
उसे जब शाख़ भी बिकने लगी है

इंद्रसिंह अरसेला

इन आँसुओं को ख़ुद सँजोकर उम्र भर रखना पड़ा
हर रोज़ जीने के लिए ये हमसफ़र रखना पड़ा

हम जिस तरह जीते रहे ये तो ज़माने से सुनो
ये दर्द उनके ही इशारे पे इधर रखना पड़ा

भरकर उड़ानें इस जमीं से दूर अब जायें कहाँ
मुझको इसी ख़ातिर जीने का हुनर रखना पड़ा

अच्छे दिनों की आस में वादे निभाते हम रहे
दिन-रात जुमलों का मुझे टूटा शहर रखना पड़ा

वो हर तरह सपने दिखा मुझको रुलाता ही रहा
टूटा हुआ सपना मुझी को रात भर रखना पड़ा

याद है ना